AF356404

COLLECTION

DE

M. LE BARON L. D'IVRY

PARIS

TYPOGRAPHIE GEORGES CHAMEROT

19, rue des Saints-Pères. 19

CATALOGUE

DES

OBJETS D'ART

ET

D'AMEUBLEMENT

ET DES

TABLEAUX ANCIENS

DÉPENDANT DE LA SUCCESSION

DE M. LE BARON L. D'IVRY

DONT LA VENTE AURA LIEU

GALERIE GEORGES PETIT, 8, RUE DE SÈZE

Mercredi 7, Jeudi 8 et Vendredi 9 Mai 1884

A deux heures précises.

COMMISSAIRE-PRISEUR

M. MAURICE DELESTRE, 27, rue Drouot.

EXPERTS

Pour les Objets d'art

M. CHARLES MANNHEIM, 7, rue Saint-Georges.

Pour les Tableaux

M. E. FERAL, Peintre, 54, faubourg Montmartre
MM. GEORGE et LASQUIN, 12, rue Laffitte.

EXPOSITIONS

PARTICULIÈRE : Lundi 5 Mai. — PUBLIQUE : Mardi 6 Mai.

DE UNE HEURE A CINQ HEURES

ORDRE DES VACATIONS

Mercredi 7 mai

TABLEAUX — DESSINS — PASTELS

DU N° I AU N° 104.

Jeudi 8 mai

BOITES, BIJOUX, MINIATURES, PORCELAINES
DE SÈVRES, DE SAXE ET DE CHINE

DU N° 105 AU N° 227.

Vendredi 9 mai

SCULPTURES, BRONZES D'ART, CUIVRES
BRONZES D'AMEUBLEMENT
MEUBLES, SIÈGES, TAPISSERIE

DU N° 228 AU N° 316.

NOTA. — L'ordre numérique ne sera pas suivi.

CONDITIONS DE LA VENTE

Elle sera faite au comptant.

Les acquéreurs paieront *cinq pour cent* en sus du prix d'adjudication.

L'exposition mettant le public à même de se rendre compte des objets, aucune réclamation ne sera admise, une fois l'adjudication prononcée.

TABLEAUX

ÉCOLE FRANÇAISE

BACHELIER

1. — Gibier, fruits et vase.

> Toile. — H. : 2^m,o5. — L. : o^m,95.

2. — Gibier, fruits et statue.

> Toile. — H. : 2^m,o5. — L. : o^m,95.

Deux agréables panneaux décoratifs, en pendants, d'une coloration blonde et d'une exécution pleine de franchise.

BOUCHER

3. — La Fête du Berger.

> Toile. — H. : 2^m,40. — L. : 2^m,35.

I

BOUCHER

4. — Les Lavandières.

Toile. — H. : 2ᵐ,40. — L. : 2ᵐ,35.

Deux toiles hors ligne dans l'œuvre du gracieux artiste, pour l'importance de la composition, l'étonnante facilité de l'exécution, le goût exquis de l'arrangement et aussi pour leur aspect si séduisant. On ne saurait concevoir deux peintures plus accomplies au point de vue de l'effet décoratif.

Signés et datés 1768.

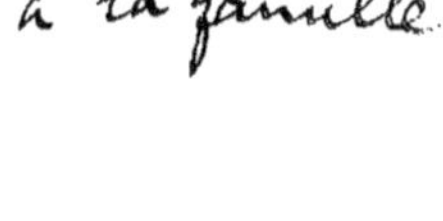

5. — Le Colombier.

Signé, à gauche.

Toile. — H. : 0ᵐ,45. — L. : 0ᵐ,70.

CHALLE (M.-A.)

6. — La Fontaine des Amours.

Signé et daté 1755.

Toile. — H. : 1ᵐ,52. — L. : 1ᵐ,82.

7. — Le Berger couronné.

Toile. — H. : 1ᵐ,52. — L. : 1ᵐ,82.

Ces deux jolies compositions, dans le goût de Boucher, le maître de Challe, sont peintes dans une gamme de tons très chatoyants; l'effet décoratif est des plus agréables.

CHARPENTIER

8. — Le Ménage du Poète.

> Toile. — H. : 0ᵐ,32. — L. : 0ᵐ,24.

9. — Le Ménage du Peintre.

> Toile. — H. : 0ᵐ,32. — L. : 0ᵐ,24.

Deux toiles en pendants.

DESHAYS (J.-B.)

10. — Coquetterie.

> Signé à gauche.

> Toile ovale. — H. : 0ᵐ,72. — L. : 0ᵐ,60.

DESPORTES (Fʀ.)

11. — Chien et Chats.

> Signé : *Desportes*, 1742.

> Toile. — H. : 1ᵐ,14. — L. : 1ᵐ,44.

La vérité des expressions finement observées, la justesse des mouvements, la profonde connaissance de la forme animale, le tout secondé par une touche spirituelle et par un coloris gai, font de cette amusante composition un admirable morceau, d'une complète réussite.

Ce tableau a figuré au Salon de 1742, sous le nº 46 du livret où il est ainsi décrit :

... autre (tableau) d'environ quatre pieds et demi sur trois et demi, représentant un chien qui combat contre une chatte renversée sur ses petits, qui ont sous eux et à l'entour quelques débris d'une table dont la chatte a entraîné la nappe et une partie de ce qui était dessus : un jambon, dans un plat, est resté sur la table.

DESPORTES (Fr.)

12. — Le Buisson de Roses.

Coloration claire et brillante, pinceau ferme et d'une grande habileté.

Signé : *Desportes*, 1724.

Toile. — H. : 1m,08. — L. : 1m,38.

DE TROY (Fr.)

13. — Portrait de femme représentée en Hébé.

Toile. — H. : 0m,89. — L. : 1m.15.

DROUAIS (ATTRIBUÉ A H.)

14. — Portrait présumé de la marquise de Pompadour.

Sur le piédestal d'une colonne est une signature presque effacée et dont la première lettre, un *D*, est seule très visible.

Toile ovale. — H. : 0m,80. — L. : 0m,65.

DROUAIS (GENRE DE)

15. — La petite Fille au Chat.

Toile ovale. — H. : 0^m,64. — L. : 0^m,52.

DROUAIS (GENRE DE)

16. — Portrait de femme.

Toile ovale. — H. : 0^m,64. — L. : 0^m,52.

ÉCOLE FRANÇAISE (ÉP. LOUIS XVI)

17. — La Collation à la Fontaine.

Toile. — H. : 1^m,66. — L. : 1^m,05.

18. — Le Concert dans le Parc.

Toile. — H. : 1^m,66. — L. : 1^m,05.

Ce panneau et le précédent qui lui sert de pendant sont deux peintures d'une rare distinction par l'élégance et la coquetterie des costumes Louis XVI, la transparence et la finesse du coloris et l'heureuse distribution de la lumière ; elles ont tout le charme des meilleures œuvres de Fragonard à qui elles ont toujours été attribuées.

ÉCOLE FRANÇAISE (XVIIIe SIÈCLE)

19. — Portrait de femme.

Toile ovale. — H. : 0^m,80. — L. : 0^m,64.

FRAGONARD (H.)

20. — La Rêveuse.

Toile. — H. : 0^m,32. — L. : 0^m,24.

JULLIART (J.-N.)

21. — Le Moulin à eau.

Toile ovale. — H. : 1^m,01. — L. : 0^m,79.

22. — Le Pont de pierre.

Pendant du précédent.

Signé ainsi :

J.-N. Julliar. f^{cit}. ce 31 aoust 1754.

Toile ovale. — H. : 1^m,01. — L. : 0^m,79.

LANCRET

23. — La Jeune Pèlerine.

Toile. — H. : 1^m,30. — L. : 0^m,98.

Ravissant portrait d'une exquise délicatesse
de ton et d'une grande souplesse de pinceau.

Il provient de la collection de M. de Cypierre,
composée principalement d'œuvres de choix des
maîtres français du xviiie siècle et dont la vente
a eu lieu en 1845. (No 74 du catalogue rédigé
par T. Thoré.)

LERICHE

24. — Panneau de décoration.

Toile. — H. : 1m,40. — L. : 0m,70.

MIGNARD (ÉCOLE DE)

25. — Portrait d'une des filles de Mancini, nièce
de Mazarin.

Toile ovale. — H. : 0m,72. — L. : 0m,58.

26. — Portrait d'une autre nièce de Mazarin.

Pendant du précédent.

Toile ovale. — H. : 0m,72. — L. : 0m,58.

NATTIER (ÉCOLE DE)

27. — Portrait de femme.

Toile ovale. — H. : 0m,72. — L. : 0m,60.

OUDRY (J.-B.)

28. — Les Deux Chats.

Signé : *J.-B. Oudry*, 1725.

Toile. — H. : 0ᵐ,75. — L. : 0ᵐ,92.

29. — Chien et Faisan.

Toile. — H. : 0ᵐ,84. — L. : 1ᵐ,06.

30. — Chien et Perdrix.

Toile. — H. : 0ᵐ,84. — L. : 1ᵐ,06.

31. — Chienne chassant la perdrix.

Toile. — H. : 0ᵐ,85. — L. : 1ᵐ,35.

32. — Barbet chassant le butor.

Toile. — H. : 0ᵐ,87. — L. : 1ᵐ,37.

OUDRY (ÉCOLE DE)

33. — Chien et gibier à plume.

Toile. — H. : 0ᵐ,98. — L. : 1ᵐ,31.

SANTERRE

34. — Portrait de Marie-Charlotte de Roquelaure,
femme de Henry-Charles, duc de Foix.

Toile. — H. : 1ᵐ,02. — L. : 1ᵐ,02.

TOCQUÉ

35. — Portrait présumé de Madame Adélaïde de
France, fille de Louis XV.

Toile. — H. : 1ᵐ,18. — L. : 0ᵐ,94.

Un des plus charmants portraits et des mieux
réussis de l'auteur, de sa touche la plus légère,
de son coloris le plus flatteur et d'un style gracieux au possible.

36. — Portrait de jeune fille.

Toile. — H. : 1ᵐ,25. — L. : 0ᵐ,90.

VAN LOO (L.-M.)

37. — Portrait de M. de Boulainvilliers, président
à la Chambre des enquêtes, petit-fils de
Samuel Bernard.

Signé en bas : *Van Loo*, 1758.

Toile. — H. : 1ᵐ,44. — L. : 1ᵐ,12.

VAN LOO (L.-M.)

38. — Portrait de Mᵐᵉ de Boulainvilliers.

Signé : *L.-M. Van Loo*, 1758.

Toile. — H. : 1ᵐ,44. — L. : 1ᵐ,12.

VAN LOO (L.-M.)

39. — Portrait de femme.

Un charme indéfinissable se dégage de ce
gracieux portrait, de tout point ravissant.

Toile ovale. — H. : 0^m,72. — L. : 0^m,62.

40. — Portrait de Gabrielle-Catherine Thomas de
Niquet, née en 1738, mariée à M. de
Caze en 1757, et remariée en 1762 à
M. le marquis de Bandeville, décédée à
Paris en 1821.

Toile ovale. — H. : 0^m,68. — L. : 0^m,56.

41. — Portrait de Jeanne-Marguerite de Niquet,
née à Narbonne en 1736, mariée à
M. Véron en 1753, décédée à Paris en
décembre 1795.

Toile ovale. — H. : 0^m,68. — L. : 0^m,56.

VALLAYER-COSTER (Mme)

42. — Bas-relief et fleurs.

Agréable peinture décorative.

Toile ovale. — L. : 0^m,85. — L. : 1^m,57.

VESTIER (ATTRIBUÉ A)

43. — Portrait de jeune femme.

Toile ovale. — I. : 0ᵐ,65. — L. : 0ᵐ,55.

ÉCOLES

FLAMANDE ET HOLLANDAISE

BREUGHEL DE VELOURS

44. — Le Jour du Marché.

D'une extrême finesse d'exécution, ce petit tableau se trouve en outre dans un parfait état de conservation.

Signé à gauche.

Cuivre. — H. : 0ᵐ,23. — L. : 0ᵐ,34.

DECKER (C.)

45. — Maison rustique au bord de l'eau.

Signé : *C. Decker*, 1653.

Collection Van Cleef, d'Utrecht (1864.

Bois. — H. : 0ᵐ,47. — L. : 0ᵐ,63.

DE VRIES (J.-R.)

46. — Le Monticule sablonneux.

Collection Van den Burch, 1856.

Bois. — H. : 0^m,48. — L. : 0^m,63.

DIEPENBEEK (A. VAN)

47. — Les Saisons.

Grande composition, enrichie de nombreux détails et accessoires symboliques.

Toile. — H. : 1^m,72. — L. : 2^m,50.

ÉCOLE FLAMANDE (XVIᵉ SIÈCLE)

48. — Triptyque.

Le panneau central nous semble devoir être attribué à HENRI MET DE BLÈS, dit CIVETTA. Les volets, qui proviennent d'un triptyque de moindre dimension, rappellent les œuvres de FRANÇOIS POURBUS le Vieux.

Tableau central, cintré du haut. — H. : 0^m,53. — L. : 0^m,40.
Volets........................ — H. : 0^m,48. — L. : 0^m,14.

GOYEN (J. VAN)

49. — L'Arc-en-ciel.

Signé : *J. V. Goyen*, 1641.

Toile. — H. : 1^m,22. — L. : 1^m,54.

GOYEN (J. VAN)

50. — L'Auberge.

Ce tableau, d'une exécution légère et d'une coloration blonde, très hármonieuse, est signé du monogramme V G et daté 1651.

Bois. — H. : 0^m,54. — L. : 0^m.63.

51. — Les Patineurs.

Charmant petit tableau, très finement peint. Signé du monogramme, à droite.

Forme ronde. — Diam. : 0^m,13.

52. — Le Château sur la rivière.

Signé des initiales V G et daté 1646.

Bois. — H. : 0^m,37. — L. : 0^m,33.

53. — Route dans la plaine.

Petit tableau de la première manière du maître.

Bois. — H. : 0^m,17. — L. : 0^m,27.

54. — Lisière de bois.

Tonalité blonde.

Bois. — H. : 0^m,31. — L. : 0^m,35.

GRYEF (Anton)

55. — Trophée de chasse.

Signé : *A. Gryef.*

Toile. — H. : 1^m,55. — L. : 1^m,63.

56. Animaux et fruits.

Pendant du précédent.

Signé : *A. Gryef.*

Toile. — H. : 1^m,55. — L. : 1^m,63.

HAMILTON (P.-F. van)

57. — Renard.

Toile. — H. : 0^m,93. — L. : 0^m,73.

58. — Lièvre.

Pendant du précédent.

Toile. — H. : 0^m,93. — L. : 0^m,73.

HEEM (J. DE)

59. — Nature morte.

Toile. — H. : 0^m,52. — L. : 0^m,80.

MYTENS (A.)

60. — Le Mouton favori.

Signé : *A. Mytens fecit.*

Toile. — H. : 1ᵐ,15. — L. : 1ᵐ,15.

NOORDERWIEL (H.)

61. — Portrait d'enfant.

Signé : *H. Noorderwiel,* 1652.

Toile. — H. : 0ᵐ,72. — L. : 0ᵐ,56.

RUYSDAEL (Jacob van)

62. — Le vieux Chêne.

Une teinte de tristesse est répandue sur ce paysage, pénétré par les mélancolies du soir.

Bois. — H. : 0ᵐ,24. — L. : 0ᵐ,33.

RUYSDAEL (Salomon)

63. — La Route de la ville.

Tableau important, d'une excellente facture et de la meilleure époque du maître.
Signé à gauche et daté 1648.
Il a fait partie de la *Galerie du chevalier Erard.* Le catalogue de la vente, faite en 1842,

le donne pour *un des meilleurs et des plus agréables de l'auteur*.

Toile. — H. : 0^m,79. — L. : 0^m,99.

64. — Pêche en rivière.

Bois. — H. : 0^m,30. — L. : 0^m,2..

SEIBOLD (ATTRIBUÉ A C.)

65. — Portrait présumé de Marie-Thérèse, impé-
ratrice d'Allemagne.

Toile. — H. : 0^m,94. — L. : 0^m,77.

66. — Portrait présumé de Joseph II, empereur
d'Allemagne.

Pendant du précédent.

Toile. — H. : 0^m,94. — L. : 0^m,77.

SNYDERS (Fr.)

67. — Un Garde-manger.

Superbe peinture décorative par l'éclat et la
richesse du coloris et par la vaillance de l'exécution, absolument magistrale.

Toile. — H. : 1^m,28. — L. : 2^m,00.

SOOLMAKER

68. — La Fileuse.

Bois. — H. : 0^m,32. — L. : 0^m,12.

VELDE (E. VAN DEN)

69. — Le Passeur.

Bois. — H. : 0^m,175. — L. : 0^m,25.

VERBOOM (A.)

70. — Paysage d'hiver.

Toile. —   : 1^m,16. — L. : 1^m,72.

WEENIX (JAN)

71. — Le Chien blanc.

Très beau tableau du maître, d'une admirable exécution, d'un rendu parfait dans tous les détails et aussi d'une grande puissance de ton et d'effet.

Signé : *J. Weenix f.*

Toile. — H. : 1^m,24. — L. : 1^m,46.

WOUWERMAN (JAN)

72. — Paysans au repos.

Signé à gauche : *J. W.*

Collection Van den Burch, 1856.

Bois. — H. : 0^m,35. — L. : 0^m,41.

WYNANTS (ATTRIBUÉ A)

150 — 73. — Paysage et animaux.

Forme ronde. — Diam. : $0^m,10$.

ÉCOLE ITALIENNE

CRIVELLI (J.)

1200 74. — Oiseaux.

H. : $1^m,60$. — L. : $1^m,75$.

DESSINS — PASTELS

BOUCHER

75. — Tête de jeune garçon.

> Crayon noir, sanguine et crayon blanc.
>
> H. : 0m,19. — L. : 0m,14.

76. — Jeune fille, en buste.

> Crayon noir, crayon bleu, sanguine avec rehauts de blanc.
>
> H. : 0m,19. — L. : 0m,14.

77. — Bacchante.

> Beau dessin sur papier jaunâtre. Crayons noir, bleu, sanguine avec rehauts de blanc.
>
> H. : 0m,25. — L. : 0m,18.

78. — Le Bain de Diane.

> Plume et sépia. — H. : 0m,19. — L. : 0m,32.

79. — Composition allégorique.

> Plume et sépia. — H. : 0m,23. — L. : 0m,32.

BOUCHER (ATTRIBUÉ A)

80. — L'Été.

Dessin à la pierre noire. — H. : 0m,21. — L. : 0m,28.

81. — L'Automne.

Dessin à la pierre noire. — H. : 0m,21. — L. : 0m,28.

DECAMPS

82. — Le Dessinateur.

Sépia. — Hauteur : 0m,19. — Largeur : 0m,14.

83. — Deux dessins dans le même cadre,

1º Chien de chasse. — Initiales D. C.

Mine de plomb. — H. : 0m,11. — L. : 0m,165.

2º Une plaine.

Aquarelle. — H. : 0m,095. — L. : 0m,160.

84. — Un cadre contenant six dessins.

1º Chasseur vu de dos.

Aquarelle. — H. : 0m,12. — L. : 0m,10.

2º Homme en redingote, avec casquette à grande visière.

Plume. — H. : 0m,14. — L. : 0m,09.

3º Deux chasseurs sur une route.

Aquarelle. — H. : 0m,10. — L. : 0m,10.

4° La tête d'un coiffeur.

Charge à la sépia. — H. : 0^m,08. — L. : 0^m,07.

5° Paysanne normande.

Sépia. — H. : 0^m,08. — L. : 0^m,11.

6° Type de vieille femme.

Caricature, sépia. — H. : 0^m,08. — L. : 0^m,07.

GOYEN (J. VAN)

85. — Le Moulin à vent.

Monogramme et date 1644.

Crayon noir. — H. : 0^m,15. — L. : 0^m,26.

86. — La Charrette.

Monogramme et date 1631.

Pierre noire teintée au lavis. — H. : 0^m,19. — L. : 0^m,27.

87. — Canal de Hollande.

Date 1649.

Pierre noire ombrée au lavis. — H. : 0^m,17. — L. : 0^m,26.

88. — Village au bord de l'eau.

Monogramme et date 1653.

Pierre noire à peine teintée de lavis. — H. : 0^m,17. — L. : 0^m,27.

89. — Patineurs.

Monogramme et date 1653.

Crayon noir et lavis. — H. : 0^m,12. — L. : 0^m,20.

GOYEN (J. VAN)

90. — Pâturage.

Monogramme et date 1658.

Pierre noire teintée d'encre de Chine. — H. : 0ᵐ,08. — L. : 0ᵐ,19.

91. — Rivière avec pont.

Monogramme et date 1649.

Pierre noire lavée de sépia. — H. : 0ᵐ,16. — L. : 0ᵐ,25.

92. — Marine.

Monogramme et date 1653.

Pierre noire teintée d'encre de Chine. — H. : 0ᵐ,17. — L. : 0ᵐ,27.

93. — La Plage.

Monogramme et date 1653.

Pierre noire teintée d'encre de Chine. — H. : 0ᵐ,12. — L. : 0ᵐ,19.

94. — Deux dessins sur le même passe-partout.

1º Moulin à vent et cabane.

Pierre d'Italie. — H. : 0ᵐ,12. — L. : 0ᵐ,165.

2º Pays plat d'une vaste étendue.

Monogramme et date 1651.

Pierre noire et lavis. — H. : 0ᵐ,11. — L. : 0ᵐ,19.

GOYEN (J. VAN)

95. — Paysage d'hiver.

Monogramme et date 1653.

Crayon noir et lavis. — H. : 0^m,16. — L. : 0^m,27.

MOLYN (PIETER)

96. — Paysage et figures.

Signé à gauche : *P. Molyn.*

Crayon noir teinté de sépia. — H. : 0^m,15. — L. : 0^m,19.

97. — La Cabane.

Pierre noire. — H. : 0^m,14. — L. : 0^m,22.

ROSALBA

98. — La Musicienne.

Beau pastel. — H. : 0^m,45. — L. : 0^m,37.

VELDE (E. VAN DE)

99. — Les Pêcheurs à la ligne.

Dessin à la pierre noire. — H. : 0^m,18. — L. : 0^m,31.

ÉCOLE FRANÇAISE (ÉP. LOUIS XVI)

100. — Jeune femme tenant un masque.

Pastel ovale. — H. : 0^m,64. — L. : 0^m,52.

ÉCOLE FRANÇAISE (ÉP. LOUIS XVI)

101. — Jeune femme tenant une lettre.

Pastel ovale. — H. : 0m,64. — L. : 0m,52.

ÉCOLE FRANÇAISE (ÉP. LOUIS XV)

102. — Portrait de femme.

Pastel. — H. : 0m,33. — L. : 0m,30.

103. — Portrait de jeune femme.

Pastel. — H. : 0m,40. — L. : 0m,32.

ÉCOLE FRANÇAISE (XVIIIe SIÈCLE)

104. — Nature morte.

Gouache. — H. : 0m,45. — L. : 0m,55.

OBJETS D'ART

ET

D'AMEUBLEMENT

MINIATURES - BOITES - BIJOUX

105. — Jolie Miniature, de forme ronde, attribuée
à FRAGONARD ; enfant à chevelure blonde, portant une veste bleue et une collerette bouillon-
née.

> Diamètre : 0^m,07. — Cadre en bronze ciselé et doré.

106. — Charmante Miniature sur ivoire, de forme
ronde, attribuée à HALL ; jeune fille à chevelure
blonde vêtue d'un corsage violet décolleté, d'un
fichu en gaze et d'une jupe blanche à broderies.
Elle tient une corbeille de fleurs.

> Diamètre : 0^m,078.

107. — Miniature sur ivoire, de forme ronde; jeune femme assise dans un parc, accoudée sur une console de pierre où sont placés des pêches et des raisins. Un serin est perché sur le bout de son doigt. Elle est en toilette décolletée, corsage bleu, jupe rose.

Diamètre : 0^m,07.

108. — Miniature ovale, la Jeune Fille à l'oiseau, d'après BOUCHER.

Hauteur : 0^m,012. — Largeur : 0^m,035.

109. — Bonbonnière ovale, Louis XV, en écaille brune montée en or ciselé et ornée sur le couvercle d'une très jolie miniature sur ivoire ; jeune femme en toilette très élégante, assise sous une treille, un bras passé sous l'anse d'une corbeille et tenant des deux mains les bords de son tablier plein de fleurs.

Grand diamètre. — 0^m,082. — Petit diamètre : 0^m,060.

110. — Boîte ronde en poudre d'écaille, à fond gris incrusté d'un cordon d'or en torsade et ornée, sur le couvercle, d'une miniature ovale, portrait de femme la tête enveloppée d'un voile blanc.

Diamètre : 0^m,070.

111. — Boîte en prime d'améthyste, taillée à côtes, en spirales et ayant la forme d'un panier ; monture en or, enrichie au fermoir d'ornement et

de branchages en brillants et rubis. Époque
Louis XV.

Hauteur : 0^m,040. — Longueur : 0^m,062.

112. — Boîte plate et ovale en nacre de perle pi-
quée d'or avec monture en or ciselé. Le couvercle est orné d'une plaque ovale en sardoine
d'Orient à taches laiteuses.

Longueur : 0^m,075. — Largeur : 0^m.055.

113. — Tabatière rectangulaire de l'époque Louis XV,
à angles coupés et à deux compartiments ouvrant
dessus et dessous ; elle se compose de fort jolies
plaquettes représentant des kiosques chinois et
des palmiers en burgau et applications d'or, dans
une belle monture à cage, en or gravé et ciselé,
à cordons de fleurs et d'ornements courants.

H. : 0^m,041. — Long. : 0^m,071. — Larg. : 0^m,053.

114. — Jolie Boîte ronde en vernis de Martin, à
raies multicolores, ornée sur le couvercle d'une
miniature ovale représentant une jeune femme
en costume de l'époque Louis XV. Monture en
or avec cercle à rinceaux ajourés au bord du
couvercle.

Diamètre : 0^m,076.

115. — Jolie Boîte ronde du temps de Louis XVI, en
or ciselé et mosaïque de matières dures, jaspes
et agates numérotés de 1 à 57. Le milieu du couvercle est enrichi d'une plaquette ovale en agate

blonde moussue dont les taches représentent une plante sur un rocher. Beau travail attribué à NEUBERT, de Dresde.

Diamètre : 0^m,060.

116. — Boîte ronde en cristal incolore taillé avec monture du temps de Louis XVI, en or ciselé à rinceaux, feuillages et guirlandes.

Diamètre : 0^m,060.

117. — Boîte ovale en vernis de Martin, fond rouge feu caillouté, et à couvercle décoré d'un bouquet de belles fleurs.

Longueur : 0^m,095. — Largeur : 0^m,065.

118. — Boîte ronde et plate en écaille brune, cerclée d'or et ornée au couvercle d'une très petite miniature ovale, attribuée à PETITOT, jeune femme, décolletée, en buste, les cheveux noués par un cordon de perles.

H. de la miniature : 0^m,030. — L. : 0^m,025.

119. — Bonbonnière ovale de l'époque Louis XV, en écaille brune avec très belle monture à cage en or ciselé et ajouré ; offrant au pourtour quatre pilastres reliés par une guirlande de fleurs, au bord du fond et du couvercle une bande à rinceaux et entrelacs finement ajourés.

Grand diamètre : 0^m,080. — Petit : 0^m,060.

120. — Très jolie Boîte ovale en or de couleur, ciselée et décorée au pourtour, sur le couvercle et

au fond, de cartels à fond strié représentant des chiens et du gibier, et encadrés de charmantes bordures composées de fleurs et de rocailles. Époque Louis XV.

Longueur : 0^m,088. — Largeur : 0^m,046.

121. — Boîte ronde en écaille décorée au vernis Martin de rayures bleu de ciel et or et ornée sur le couvercle d'une miniature ovale représentant les emblèmes de l'Amour.

Diamètre : 0^m,060.

122. — Boîte ronde en poudre d'écaille couleur rouge antique, cerclée en or et ornée, sur le couvercle, d'une miniature ovale, portrait d'homme dans un cadre en or ciselé.

Diamètre : 0^m,065.

123. — Boîte ronde en poudre d'écaille violette, décorée d'une torsade en incrustation d'or et présentant sur le couvercle un motif composé d'un éventail et d'un bouquet de fleurs, en piqué d'or sur écaille brune.

Diamètre : 0^m,070.

124. — Boîte rectangulaire en or martelé, gravé et ciselé, à décor de cordelettes enroulées et de feuillages.

Longueur : 0^m,075. — Largeur : 0^m,058.

125. — Boîte en écaille brune de forme contournée à couvercle incrusté d'argent et de burgau représentant un seigneur et une dame prenant le café.

placés dans un encadrement composé de guirlandes et de cornes d'abondance.

Hauteur : o^m,o|o. — Grand diamètre : o^m,o65.

126. — Boîte oblongue en émail de Saxe, décor polychrome de scènes enfantines sur fond blanc,
monture en argent doré.

Longueur : o^m,o75. — Largeur : o^m,o42.

127. — Boîte **rectangulaire** en émail de Saxe à décor
polychrome, représentant **des** vues de ports de
mer animées de figures. Époque **Louis** XV.

Longueur : o^m,o82. — Largeur : o^m,o62.

128. — Chaîne de gilet en or composée de grains
carrés, ornés de petits cabochons rubis et reliés
par des maillons ovales.

129. — Boîte en émail de Saxe à cartels de fruits
finement peints au milieu d'encadrements rocaille en relief.

Longueur : o^m,o86. — Largeur : o^m,o62.

130. — Belle Montre du temps de Louis XV en or
reperçé dans son boîtier en agate blanchâtre
montée en or et enrichi d'un fermoir en brillant,
de deux entourages en rubis et d'un oiseau en
brillants, émeraudes et rubis.

131. — Boîte rectangulaire en émail de Saxe à fond
bleu et décoré au pourtour de médaillons à bouquets et sur le couvercle d'un sujet : le Passage
du gué.

Longueur : o^m,o80. — Largeur : o^m,o60.

132. — Charmant petit Étui en or émaillé du temps
de Louis XVI, décoré sur chacune des deux faces
de trois médaillons dans des encadrements émaillés bleu de roi sur fond guilloché et relevés de
cordons et de perles d'émail blanc.

Hauteur : 0^m,100.

133. — Étui en écaille décoré au vernis Martin d'un
semis d'œils de perdrix sur fond doré.

Longueur : 0^m,140.

134. — Étui en vernis de Martin décoré de groupes
d'Amours jouant avec des guirlandes de fleurs,
portés sur des nuages.

Longueur : 0^m,110.

135. — Étui en or de couleurs ciselé et décoré de
cartels de fruits et d'attributs sur fond strié, entourés de motifs d'encadrements à rocailles et
feuillages. L'extrémité de l'étui forme cachet à
blason intaillé. Époque Louis XV.

Longueur : 0^m,122.

136. — Étui à deux compartiments décoré au vernis
Martin de sujets genre Greuze.

Longueur : 0^m,150.

137. — Étui en écaille décoré au vernis Martin de
rubans rouges sur fond doré à rayures.

Longueur : 0^m,130.

138. — Cachet-breloque, en forme de mappemonde
en or et en argent.

139. — Étui en porcelaine de Chelsea ayant la forme d'une pointe d'asperge.

Longueur : 0^m,085.

140. — Cuiller à café de l'époque Louis XVI en or ciselé, à manche ajouré orné de fleurons et présentant à l'extrémité, sur le plat, un blason gravé.

Longueur : 0^m,140.

141. — Étui en écaille noire décoré d'un semis de fleurettes en incrustations d'or. Époque Louis XVI.

Longueur : 0^m,140.

142. — Ciseaux en or ornés d'un cordon en torsade. Époque Louis XV. Lames d'acier.

Longueur : 0^m,100.

143. — Plaque ovale de bracelet en or gravé et émaillé.

144. — Flacon à odeurs en cristal taillé, avec bouchon en or ciselé, à cordons de feuillage de laurier.

Hauteur : 0^m,110.

145. — Bourse en filet orné de perles d'or et avec glands et coulant en or enrichi d'émeraudes.

PORCELAINES DE SÈVRES

PATE TENDRE

ET ANCIENNES PORCELAINES FRANÇAISES

146. — Jardinière, forme dite éventail, emboîtée dans une base de plan ovale contournée et ajourée, en porcelaine de Sèvres, pâte tendre, surdécorée de médaillons de roses réservés sur fond bleu mauve. (Lettre Y, année 1770.)

Hauteur : 0^m,190. — Largeur : 0^m,190.

147. — Bel Arrosoir, ayant la forme d'un baril debout, en ancienne porcelaine de Sèvres, pâte tendre, décorée de fleurs et de papillons et d'une double bordure à filet doré entre deux filets bleus. (Lettre B, année 1754.)
Très jolie pièce.

Hauteur : 0^m,200.

148. — Deux Cache-pot côtelés à bords contournés et anses rocaille, en ancienne porcelaine de Chantilly, pâte tendre, décorés au pourtour de bouquets et d'insectes polychromes et au culot d'une bande bleue simulant un rang de cannelures. Belle qualité.

Hauteur : 0^m,170.

3

149. — Jolie Figurine de Diane en porcelaine, pâte tendre, émaillée au naturel. Elle est étendue sur un lit de mousse émaillé bleu turquoise à rehauts d'or.

Long. de la terrasse : 0ᵐ,170. — Larg. : 0ᵐ,090.

150. — Beau Cabaret en ancienne porcelaine de Sèvres, pâte tendre, décoré de médaillons à bouquets sur fond quadrillé de roses avec bordure à rinceaux, guirlandes et pointillés en dorure. Il se compose d'un plateau long à quatre lobes, d'un sucrier à couvercle, d'un pot à crème et de deux tasses droites avec leurs soucoupes. (Lettres AA, année 1777.)

Long. du plateau : 0ᵐ,370. — Larg. : 0ᵐ,300.

151. Petit Sucrier à couvercle en vieux Sèvres, pâte tendre, fond turquoise et médaillons à figures d'enfants dans le style de Boucher; avec un plateau ovale décoré aux extrémités de médaillons à bouquets en réserve sur fond turquoise.

H. de la tasse : 0ᵐ,090. — L. du plateau : 0ᵐ,180.

152. — Deux Vases en ancienne porcelaine de Vincennes, pâte tendre, en forme de cônes, décorés d'un paysage où l'on voit une amazone et trois autres figures auprès d'un saule.

Hauteur : 0ᵐ,110.

153. — Paire de charmants petits vases, de forme gracieuse, s'évasant du haut et garnis de deux

anses rocaille, en ancienne porcelaine de Sèvres, pâte tendre, décorée de deux bouquets et d'un lambrequin composé de losanges mi-partis bleus et blancs inscrits dans un quadrillé en dorure. (Lettre H, année 1760.)

Hauteur : 0^m,145.

54. — Vase à fleurs en ancienne porcelaine de Vincennes, pâte tendre, en forme de cône surmonté d'un col hémisphérique, décoré de bouquets de fleurs variées. (Lettre C, année 1755.)

Hauteur : 0^m,160.

155. — Plateau ovale à bords contournés en ancienne porcelaine de Sèvres, pâte tendre, décorée de bouquets et d'une bordure à quadrillé bleu interrompue par des réserves à fleurs. (Lettre G, année 1759.)

Longueur : 0^m,290. — Largeur : 0^m,210.

156. — Assiette à dessert en ancienne porcelaine de Sèvres, pâte tendre, à décor d'oiseaux, avec bordure en quadrillé bleu à filets dorés, interrompue par des réserves à fleurs. (Lettre I, année 1761.)

Diamètre : 0^m,170.

157. — Un Pot à pommade en Sèvres, pâte tendre, décor à fleurs.

158. — Tasse à café et sa soucoupe en vieux Sèvres,

pâte tendre, décorée de festons de fleurs avec bordure turquoise rehaussée de dorure.

Diamètre de la soucoupe : 0ᵐ,140.

159. — Petite Tasse et sa soucoupe en vieux Sèvres, pâte tendre, fond bleu de roi et médaillons d'oiseaux encadrés de feuillage en dorure.

Diamètre de la soucoupe : 0ᵐ,090.

160. — Deux jolies Tasses et leurs soucoupes en vieux Sèvres, pâte tendre, à décor d'oiseaux et large bordure à losanges verts et quadrillé doré, interrompue par trois réserves à bouquets.

Diamètre des soucoupes : 0ᵐ,140.

161. — Pot à crème en vieux Sèvres, pâte tendre, décoré de guirlandes de fleurs et d'un semis de roses. (Lettre V, année 1773.)

Hauteur : 0ᵐ,120.

162. — Petit Vase évasé en entonnoir, en ancienne porcelaine blanche, pâte tendre, de Saint-Cloud, ornée de fleurs et de grues en relief, dans le style chinois ; monture rocaille en bronze ciselé et doré.

Hauteur : 0ᵐ,115. — Longueur : 0ᵐ,160.

163. — Tasse et soucoupe en ancienne porcelaine de Sèvres, pâte tendre, fond vert et médaillons à bouquets.

Diamètre de la soucoupe : 0ᵐ,140.

164. — Deux petits Coquetiers en vieux Sèvres, pâte
tendre, décorés de guirlandes de fleurs avec bordure bleue pointillée. (Lettre Q, année 1768.)

Hauteur : 0^m,040.

165. — Jolie Tasse et sa soucoupe en ancienne porcelaine de Sèvres, pâte tendre fond rose Du Barry
avec réserves de médaillons à bouquets.

Diamètre de la soucoupe : 0^m,140.

166. — Deux Vases Louis XVI en porcelaine française décorée de fleurs et de guirlandes de bleuets
et garnie d'une monture de l'époque en bronze
ciselé et doré.

Hauteur : 0^m,570.

167. — Deux Vases forme Médicis, en ancienne porcelaine de Paris, à riche décor de guirlandes de
roses et de bleuets.

Hauteur : 0^m,250.

168. — Couvercle de rafraîchissoir en porcelaine de
Sèvres, décorée de médaillons à paysages et de
guirlandes de roses. Monture en bronze doré.

Hauteur : 0^m,140.

PORCELAINES DE SAXE

169. — Figurine en vieux Saxe décorée en couleurs
et rehaussée de dorure. Jeune femme dansant en
costume de bergère, ayant un agneau couché à
ses pieds.

Hauteur : 0^m,250.

170. — Vieux Saxe. Bacchus couronné de pampre,
pressant une grappe dans une coupe, vêtu d'un
manteau jaune et ayant un lièvre suspendu à la
ceinture.

Hauteur : 0^m,240.

171. — Vieux Saxe. Deux Figurines de bergers, l'un
jouant du hautbois, l'autre du chalumeau ; habits
en couleurs avec rehauts d'or.

Hauteur : 0^m,015.

172. — Vieux Saxe : Arlequin courant, une main
en l'air et tenant de l'autre un feutre à plumes.

Hauteur : 0^m,220.

173. — Vieux Saxe. Groupe de marquis et de marquise enlacés, les vêtements en couleurs rehaussés
de dorure.

Hauteur : 0^m,160.

174. — Vieux Saxe. Deux Figurines, marquis dan-

sant en tenant les basques de son habit, et marquise en tenant un cahier de musique.

Hauteur : 0^m,140.

175. — Vieux Saxe. Deux Figurines de petits vendangeurs, garçon portant une hotte, et fillette soulevant son tablier et tenant une grappe de raisin.

Hauteur : 0^m,140.

176. — Vieux Saxe. Figurine de marquis en costume violet, assis, son tricorne sur le genou, et se penchant vers un petit chien qui fait le beau.

Hauteur : 0^m,130.

177. — Vieux Saxe. Groupe composé de Vénus à demi nue, debout sur une terrasse, tenant un ruban où sont attelées les deux colombes et se tournant vers l'Amour qui se baisse pour prendre son carquois.

Hauteur : 0^m,140.

178. — Vieux Saxe. Deux Figurines : petit garçon sonnant de la trompe, et fillette courant en frappant sur un tambourin.

Hauteur : 0^m,140.

179. — Deux Figurines : garçon portant une hotte pleine de poires, et fillette soulevant son tablier plein de fleurs et tenant une corbeille.

Hauteur : 0^m,140.

180. — Trois Figurines : fillette enguirlandée de

pampre, autre tenant une corbeille de fleurs et petit berger assis.

Hauteur : 0^m,140 et 0^m,120.

181. — Saxe Marcolini. Groupe de deux figurines dansant et tenant une guirlande de fleurs.

Hauteur : 0^m,150.

182. — Groupe composé de cinq figurines d'enfants musiciens sur une terrasse rocaille.

Hauteur : 0^m,140.

183. — Deux Coupes en ancienne porcelaine de Saxe, à fond vert d'eau et médaillons Watteau finement peints ; elles sont supportées par des branchages en bronze garnis de fleurettes et reposant sur un pied en même porcelaine. Monture rocaille en bronze ciselé et doré.

Hauteur : 0^m,150.

184. — Vase ovoïde en ancienne porcelaine de Saxe, décoré de fleurs et de branchages dans le goût chinois.

Hauteur : 0^m,330.

185. — Deux petites Jardinières oblongues à rocaille et à deux anses en ancienne porcelaine de Saxe, décorée de fleurs et à rehauts de dorure, de forme très gracieuse.

Hauteur : 0^m,100. — Longueur : 0^m,150.

186. — Jolie Corbeille ajourée de forme Louis XV, décorée de fleurs peintes et de fleurs en relief.

Hauteur : 0^m,110. — Longueur : 0^m,320.

187. — Cabaret en ancienne porcelaine de Saxe, à décor d'oiseaux, de papillons et d'insectes très finement peints, avec bordure ornementée en dorure. Il se compose d'un plateau long, une théière, un pot à crème, un sucrier, deux tasses à thé, deux tasses à café et deux soucoupes, plus deux cuillères à café.

Longueur du plateau : 0^m,320.

188. — Deux Plateaux longs, de forme octogonale, et une tasse en porcelaine de Vienne à fond bleu marin et médaillons chiffrés M T entourés d'une bordure composée de cygnes et de rinceaux sur fond noir et relevés de dorure.

Long. d'un plateau : 0^m,250. — Long. de l'autre : 0^m,190.

189. — Boîte à bonbons, de forme ovale, en porcelaine de Vienne, de même décor.

Longueur : 0^m,190.

190. — Tasse à thé et sa soucoupe en ancienne porcelaine de Saxe, à décor d'oiseaux et bordure carmin imbriquée et relevée de dorures.

191. — Paire de petits vases en porcelaine d'Allemagne décorée de feuillages en relief et de fleurs peintes.

Hauteur : 0^m,120.

192. — Grand Pot cylindrique à couvercle en porcelaine de Saxe décorée de fleurs relevées de dorure avec bordure verte.

Hauteur : 0m,130. — Diamètre : 0m,140.

193. — Pot à pommade, à couvercle, en Saxe, décor d'Amours avec bordure carmin à imbrications.

194. — Trois Pots à pommade, à couvercles, en porcelaine de Saxe ; décor à fleurs ; monture argent.

195. — Sucrier en ancienne porcelaine de Saxe finement décorée d'un paysage-marine animé de nombreuses figures.

Hauteur : 0m,120.

PORCELAINES DE CHINE

ET DU JAPON

MONTÉES ET NON MONTÉES

196. — Deux Perroquets en ancienne porcelaine de la Chine, émaillés violet et perchés sur des rochers ajourés de couleur turquoise. Ces rochers sont sertis dans un socle orné, en bronze ciselé et doré. Ancienne qualité.

Hauteur : 0m,240.

197. — Deux autres Perroquets en vieux Chine, émaillés bleu turquoise et perchés sur des rochers ajourés de couleur violette ; socles-terrasses en bronze du temps de Louis XVI, très finement gravés, ciselés et dorés.

Hauteur : 0^m,220.

198. — Deux Vases formés chacun de deux carpes debout accolées en regard, émaillés bleu de ciel et garnis d'une très jolie monture à rocailles et feuillages en bronze finement ciselé et doré.

Hauteur : 0^m,330.

199. — Singe assis, tenant un fruit des deux mains, en ancienne porcelaine de Chine flambée en plusieurs tons où domine le violet. La tête est mobile, montée à pivot sur une collerette en bronze. La figurine repose sur un très beau socle ajouré et à degrés, en bronze ciselé et doré de l'époque Louis XVI.

Hauteur : 0^m,250.

200. — Deux Vases en porcelaine de Chine, formés chacun de deux poissons émaillés rouge, accolés en regard, les écailles dessinées par un trait d'or, et debout sur une base simulant des flots émaillés vert à contours d'écume émaillés blanc. Belle monture en bronze doré.

Hauteur : 0^m,215.

201. — Deux très petits Cornets en céladon bleu

d'empois, décoré d'oiseaux et de fleurs d'aubépine ; monture en bronze doré.

Hauteur : 0^m,150.

202. — Deux Vases en forme de balustre et à col évasé en ancienne porcelaine de Chine ; décor bleu à paysages accidentés. A la base et à la partie supérieure de la panse, compartiments réguliers renfermant des fleurs.

Hauteur : 0^m,700.

203. — Deux petites Girandoles formées chacune d'une chimère assise, en ancien céladon bleu turquoise de la Chine, reposant sur des terrasses rectangulaires en bronze ciselé et doré et supportant deux branches porte-lumières également en bronze doré.

Hauteur : 0^m,280.

204. — Figure de poussah accroupi, en ancienne porcelaine de Chine, vêtu d'une robe ornée de flammèches et des caractères du signe de longévité en émaux de couleurs. Terrasse rocaille en bronze ciselé et doré.

Hauteur : 0^m,290.

205. — Potiche à pans et à couvercle, en ancienne porcelaine de Chine ; décor bleu à fleurs et ornements.

Hauteur : 0^m,570

206. — Deux Cache-pots en ancienne porcelaine de

Chine de très belle qualité, décorés de fleurs et
d'oiseaux en émaux de la famille verte et garnis
de deux anneaux et d'une bordure en bronze
argenté du temps de Louis XIV.

Hauteur : 0^m,170. — Largeur : 0^m,250.

207. — Petite Coupe ronde à couvercle, avec soucoupe en ancien céladon de la Chine jaspé sur
fond gris et imitant des flots. Garniture Louis XIV,
en argent.

H. de la soucoupe : 0^m,090. — Diamètre : 0^m,130.

208. — Deux jolis Flacons, forme balustre à s[·]x pans
et à col élancé en ancienne porcelaine de Chine
émaillée turquoise truitée, avec monture Louis XVI
en bronze ciselé et doré.

Hauteur : 0^m,280.

209. — Deux petits Vases forme potiche, en ancienne
porcelaine de la Chine, décorés de chrysanthèmes, de feuillages et de roches en émaux de
la famille verte. Jolies montures Louis XVI, à
socle et couvercle, avec anses surélevées.

Hauteur : 0^m,250.

210. — Deux Vases à fleurs de forme cylindrique en
ancien céladon fleuri de la Chine décorés d'arbustes en relief sur fond vert d'eau. Monture
Louis XIV à anses mobiles, en bronze ciselé et
doré.

Hauteur : 0^m,170. — Largeur : 0^m,160.

211. — Deux Coupes rondes en ancienne porcelaine du Japon, à décor de chrysanthèmes, en rouge, bleu et vert. Elles sont garnies de montures Louis XIV en bronze doré. Socles en bois de fer sculpté.

H. sans les socles : 0^m,160. — Largeur : 0^m,300.

212. — Deux Vases en forme de balustre carré, en ancienne porcelaine de l'Inde, décorés sur chaque face d'un sujet familier et sur le col de branches de pêcher et d'oiseaux dans des encadrements rehaussés d'or. Montures en bronze doré du temps de Louis XIV.

Hauteur : 0^m,370.

213. — Jardinière octogone en ancienne porcelaine de Chine à rebord plat émaillé bleu de ciel et à pied ajouré à fond rose et fond turquoise alternés. Le pourtour est décoré d'oiseaux, de fleurs et de branchages en émaux de la famille rose. Belle qualité.

Hauteur : 0^m,250. — Diamètre : 0^m,380.

214. — Deux Potiches à couvercles surmontés de chimères, en ancienne porcelaine du Japon décorée au pourtour de chrysanthèmes et de papillons en bleu, rouge et or, et sur l'épaulement d'un large lambrequin à arabesques bleues encadrant quatre réserves ornées d'oiseaux.

Hauteur, couvercles compris : 0^m,630.

215. — Petit Vase, balustre, en céladon craquelé vert d'eau, monture en bronze ciselé et doré.

Hauteur : 0ᵐ,180.

216. — Deux Cornets en ancienne porcelaine du Japon à décor de feuillage en bleu, rouge et vert à rehauts d'or et bordures à fleurs sur fond bleu et rouge alternés. Monture en bronze doré de style rocaille.

Hauteur : 0ᵐ,360.

217. — Deux Vases à côtes en forme de balustre et à couvercles, surmontés d'un chimère en ancienne porcelaine de Chine, de la famille rose, à décor de chrysanthèmes et de pivoines en émaux de couleur rehaussés de dorure.

Hauteur, couvercle compris : 0ᵐ,540.

218. — Bougeoir Louis XVI, en bronze doré, se composant d'un tabouret à guirlande surmonté de branchages en bronze garnis de fleurettes en porcelaine tendre de Sèvres. Sur le tabouret est un chat accroupi, en ancienne porcelaine de Chine émaillée turquoise.

Hauteur : 0ᵐ,165.

219. — Deux Cornets en ancienne porcelaine de Chine à riche décor en bleu sur fond blanc.

Hauteur : 0ᵐ,420.

220. — Deux Seaux côtelés à bords festonnés et anses carrées émaillées rouge, en ancienne por-

celaine de Chine ; décor à fleurs et large lambrequin de fleurs et de feuillages en émaux verts et
roses.

Hauteur : 0ᵐ,160.

221. — Sucrier en ancienne porcelaine de Chine, à
décor de fleurs et branchages réservés en blanc
sur fond bleu, monture ancienne en bronze
gravé, ciselé et doré.

Hauteur : 0ᵐ,170.

222. — Deux Cache-pots à bords festonnés en porcelaine de l'Inde décorée de bouquets avec anses
carrées émaillées rouge et pieds ornés de can-
neaux roses à contours dorés.

Hauteur : 0ᵐ,210.

223. — Pot à une anse en ancienne porcelaine de
Chine, à décor de bouquets en émaux de couleur,
et bordure quadrillée à réserves de fleurs.

Hauteur : 0ᵐ,250.

224. — Deux Vases à huit pans décorés, en bleu
sur fond blanc, d'arbustes variés, surmontés d'une
bordure de rinceaux.

Hauteur : 0ᵐ,320.

225. — Deux Cache-pots à côtes et à anses carrées,
en porcelaine de l'Inde, à décor d'armoirie

émaillée et de guirlandes dorées en réserve sur
un fond turquoise.

Hauteur : 0^m,180.

226. — Petit Vase à deux anses et à couvercle en
Chine, à zones horizontales d'ornements en bleu,
rouge et or.

Hauteur : 0^m,150.

227. — Grande Tasse à deux anses et à couvercle en
porcelaine de l'Inde, décorée à bouquets et bordure rose quadrillée.

Hauteur : 0^m,130.

SCULPTURES

228. — Terre cuite. — Flore. — La déesse du prin-
temps est représentée sous les traits d'une charmante jeune fille, debout, couronnée de fleurs,
et tenant des deux mains une guirlande de roses.
Une grande draperie entoure le corps, laissant à
nu la gorge, les bras et la jambe gauche.

Cette jolie figure a tout le charme et toute
l'élégance des œuvres de Falconet, à qui nous
pensons qu'elle doit être attribuée. Elle repose
sur un fût de colonne cannelée, ornée à la base
d'un tore de laurier.

Hauteur de la statue : 1^m,750.

4

229. — Terre cuite. — Deux gracieuses Statues formant pendants : Chinois debout, drapé dans un ample manteau, le sabre au côté, une main sur la hanche, tenant de l'autre un serpent ; et Chinoise accoudée sur un tronc d'arbre ayant la main appuyée sur le manche d'un parasol renversé et touchant terre. — École française du xviii⁰ siècle, jolies figures dans le style de Leprince.

Hauteur : 1ᵐ,700.

230. — Marbre. — Vasque ovale à pourtour profilé en marbre rouge de Flandres.

H. : 0ᵐ,280. — Long. : 0ᵐ,850. — Larg. : 0ᵐ,600.

231. — Ivoire. — Statuette de la Vierge, debout, ceinte d'une couronne et portant l'Enfant Jésus. xvii⁰ siècle.

Hauteur : 0ᵐ,150.

232. — Ivoire. — Figurine d'enfant à demi nu, debout sur une terrasse. xvii⁰ siècle.

Hauteur : 0ᵐ,090.

233. — Ivoire. — Cachet à manche d'ivoire formé d'un joli groupe de six enfants bacchus, sculpté en ronde bosse, dans le style de François Flamand.

BRONZES D'ART — CUIVRES

234. — Belle Aiguière vénitienne du xvıe siècle, en cuivre gravé et doré, de forme ovoïde, à piédouche et à col échancré, relié à la panse par une anse formée d'une lionne arc-boutée sur un mascaron rapporté.

Hauteur : 0m,310.

235. — Bassin vénitien du xvıe siècle, de forme ronde, en cuivre gravé et doré, entièrement couvert d'entrelacs arabesques très finement exécutés.

Diamètre : 0m,440.

236. — Le Faune flûteur, belle et ancienne réduction d'après l'antique.

Hauteur : 1m,360.

237. — Statuette de Chinois debout, ouvrant son manteau des deux mains ; les parements et les broderies des vêtements sont dorés ; socle ovale en brocatelle, garni d'une moulure en bronze doré. — Bronze du temps de Louis XVI.

Hauteur : 0m,290.

238. — Deux Statuettes de femmes chinoises, debout, bronzes du temps de Louis XVI, dorés aux ornements des costumes. Socles ronds en brocatelle et bases en bronze doré.

Hauteur : 0m,250.

239. — Deux petits Chiens de chasse assis, en bronze d'une belle patine brune du temps de Louis XVI.

Hauteur : 0m,132.

240. — Deux petits Vases à six côtes offrant sur fond noir des figures de danseurs en rouge, et sur fond or des arbustes gravés en relief.

Hauteur : 0m,150.

241. — Émail cloisonné de la Chine. — Petit vase d'applique en forme de cornet à pans, émaillé bleu lapis et turquoise.

Hauteur : 0m,190.

BRONZES D'AMEUBLEMENT

242. — Deux très grands et magnifiques Candélabres du temps de Louis XVI, composés chacun d'un groupe de deux figures de nymphes en bronze et de couleur florentine, supportant un bouquet de lis à sept branches porte-lumières en bronze doré et reposant sur un socle en marbre blanc, garni de moulures et de guirlandes de vigne en bronze ciselé et doré. — Les groupes qui décorent ces candélabres sont de modèles différents et ils peuvent être attribués à CLODION.

Hauteur totale : 1m,280.

243. — Paire de très beaux vases à couvercles en ancienne porcelaine de Chine gros bleu uni, avec monture en bronze ciselé et doré de l'époque Louis XVI, à figurines d'enfants assis, d'un travail très remarquable.

Hauteur : 0ᵐ,540.

244. — Belle paire d'Appliques à deux bras porte-lumières en bronze ciselé et doré de l'époque Louis XVI. Élégant modèle à ruban, fleurs, grappes de raisin et branches feuillagées d'un remarquable travail de ciselure.

Hauteur : 0ᵐ,600.

245. — Très belle Pendule du temps de Louis XVI, à quatre colonnes en brocatelle d'Espagne, supportant un entablement cintré en bronze doré contenant le cadran.

Elle est surmontée d'un groupe de deux enfants génies en bronze à patine brune, représentant l'allégorie des Arts avec divers attributs en bronze doré.

Le cadran, entouré d'une guirlande de roses, porte ce nom : Guillaume, a Paris. Le balancier est orné d'une petite peinture représentant une jeune femme sur une balançoire.

Hauteur : 0ᵐ,63. — Longueur : 0ᵐ,32.

246. — Deux Candélabres Louis XVI, composés chacun d'une figure d'Amour, en bronze à patine verte, debout sur un socle en marbre griotte et

tenant un thyrse auquel sont rattachées par des rubans trois branches porte-lumières en bronze doré.

Hauteur : 0^m,670.

247. — Deux très beaux Chenets de l'époque Louis XVI en bronze ciselé et doré, d'un charmant modèle. Vase à têtes de bélier et guirlandes de laurier ; galerie à cassolettes.

Hauteur : 0^m,470. — Largeur : 0^m,420.

248. — Deux grands Chenets Louis XVI en bronze ciselé et doré. Beau modèle à vases richement ornés et placés sur des socles cannelés, engagés dans une galerie, décorée à son extrémité d'une pomme de pin.

Hauteur : 0^m,480. — Largeur d'un chenet : 0^m,520.

249. — Pendule Louis XVI en bronze doré, ayant la forme d'une urne. Cadran de BREANT, A PARIS, Soubassement en marbre blanc garni de bronzes.

Hauteur : 0^m,480.

250. — Pendule du temps de Louis XVI, à cage en bronze doré vitrée sur les quatre faces. Cadran de SOTIAU, A PARIS.

Hauteur : 0^m,380. — Largeur : 0^m,250.

251. — Deux Chenets du temps de Louis XVI en bronze ciselé et doré. Modèle à vases enguir-

landés de fleurs, supportés par des consoles et reposant sur quatre petits pieds cannelés.

Hauteur : o^m,350. — Largeur : o^m,290.

252. — Pendule Louis XVI, en bronze doré ; cadran de Lépine, horloger du roy, surmonté d'un trophée d'armes et placé entre deux figurines d'enfants, Mars et l'Amour. Socle en bois noir garni d'ornements en bronze doré.

Hauteur   o^m,350.

253. — Pendule du temps de Louis XV, en bronze ciselé et doré. Cadran de J.-B. Baillon, a Paris, surmonté d'un chien qui aboie et placé sur le dos d'un taureau en marche sur un socle-terrasse garni de plantes.

Hauteur : o^m,400.

254. — Paire de bras de mur Louis XVI à trois branches s'élançant d'une console à tête de bélier surmontée d'un vase à draperie.

Hauteur : o^m,450.

255. — Pendule Louis XVI en bronze ciselé et doré, de Henri Voisin. La lunette est située au milieu d'une borne carrée, surmontée d'un vase à pomme de pin, décoré d'une guirlande de laurier qui retombe de chaque côté de la pendule.

Hauteur : o^m,370. — Largeur : o^m,280.

256. — Deux Vases du temps de Louis XVI, de

forme ovoïde, en plomb bronzé, garnis d'anneaux mouvants, d'ornements rapportés et surmontés de bouquets de lis à trois branches porte-lumières également en plomb, mais dorés. Le pied des vases repose sur un socle carré en marbre blanc.

Hauteur totale : 1ᵐ,100.

257. — Paire de flambeaux Louis XV, en cuivre gravé, ciselé et argenté, modèle à rocailles et feuillages.

Hauteur : 0ᵐ,270.

258. — Paire de flambeaux Louis XVI en cuivre ciselé et doré, ornés de perles et de feuilles de laurier et de lierre.

Hauteur : 0ᵐ,290.

259. — Lanterne ronde, à cage décorée de feuilles de laurier, d'oves et de perles.

Hauteur : 0ᵐ,750.

260. — Paire de flambeaux Louis XVI en cuivre ciselé et argenté, ornés de perles et de feuillage de chêne.

Hauteur : 0ᵐ,290.

261. — Lanterne ronde du temps de Louis XVI, en bronze ciselé et doré, à cage ornementée d'une torsade entre deux cordons de perles.

Hauteur : 0ᵐ,950. — Diamètre : 0ᵐ,500.

262. — Paire de flambeaux à deux lumières au som-

met d'une tige à cannelures sur pied à tore de laurier reposant sur un socle carré. Bronze ciselé et doré de l'époque Louis XVI.

Hauteur : 0^m,270.

263. — Deux Flambeaux Louis XVI en bronze ciselé et doré ; tige balustre ornée de graines , base à consoles et porte-lumière formé d'un vase côtelé.

Hauteur : 0^m,270.

264. — Bougeoir Louis XV, formé d'un personnage chinois, en laque, accroupi sur une terrasse et entouré par un branchage formant deux lumières en cuivre doré.

Hauteur : 0^m,175.

265. — Deux Flambeaux en bronze ciselé et doré, composés d'ornements rocaille à nervures et feuillages.

Hauteur : 0^m,250.

266. — Deux petits Flambeaux Louis XVI en bronze ciselé et doré au mat, à tige formée de trois petites torsades supportant des feuillages et des guirlandes de lauriers et partant du centre d'une rosace entourée de perles.

Hauteur 0^m,185.

267. — Paire de flambeaux en bronze ciselé et doré ; la tige est à cannelures garnies de laurier, et le pied est flanqué de trois consoles renversées.

Hauteur 0^m,280.

MEUBLES

268. — Deux très beaux Meubles à hauteur d'appui,
de l'époque Louis XIV, en bois d'ébène et marqueterie de cuivre sur écaille brune, première
partie, richement garnis de bronzes ciselés et
dorés à l'or moulu. Ces meubles s'ouvrent à
trois portes, celle du milieu en ressaut, entièrement plaquée d'écaille incrustée d'élégants rinceaux de cuivre, est décorée d'une figure allégorique de Saison, en bas-relief de bronze
rapporté, placée au dessous d'une médaille, entre
deux trophées d'instruments de musique suspen-
dus à des rubans, aussi en bronze doré. Les
portes des côtés sont vitrées.

Le meuble repose sur six pieds, dont quatre
supportent la façade.

Haut. : 0ᵐ,980. — Long. : 1ᵐ,470. — Larg. : 0ᵐ,380.

269. — Beau Baromètre-applique du temps de
Louis XIV, en marqueterie de cuivre, écaille et
corne bleue, richement garni d'ornements, de
mascarons et de moulures en bronze ciselé et
doré. Le cadran circulaire est encadré d'un tore
de laurier, de feuilles et d'un mascaron en
bronze. Il repose sur un socle cul-de-lampe et se
termine à sa partie supérieure par une pyramide
tronquée.

Hauteur totale : 1ᵐ,030. — Largeur : 0ᵐ,310.

270. — Deux magnifiques Consoles du temps de Louis XVI, cintrées sur les côtés, en bois finement sculpté, peint en blanc avec rehaut de gris bleu. Le bandeau est composé d'un enfilage d'anneaux et de moulures à oves entrecoupées par des rosaces surmontant les pieds, les parties cintrées sont enrichies de deux têtes de bouc se détachant en ronde bosse au milieu d'une guirlande de feuilles de chêne.

Le meuble repose sur six pieds, dont quatre sont formés par des doubles torsades pointues. ornés de feuilles d'acanthe à la partie supérieure et reliés deux à deux à la base par une traverse cintrée; deux autres pieds, de forme contournée, sont placés en entre-deux, et passant au milieu des traverses se terminent en volutes sous les têtes de bouc.

Dessus de marbre blanc à moulure.

Ces deux beaux meubles ont été exécutés en 1771 pour le château d'Henonville où ils complétaient le magnifique ameublement de salon décrit sous le Nº 307.

Haut. : 0^m,870. — Long. : 1^m,390. — Larg. : 0^m,580.

271. — Charmante petite Table à ouvrage, dite *tricoteuse*, en marqueterie de bois de couleurs à filets disposés en treillis et richement garnie de moulures en bronze ciselé et doré à feuilles d'eau, torsades et entrelacs. Sous la tablette inférieure est imprimé au fer un chiffre composé

des lettres S et C surmontant un G et une M. (Saint-Cloud, garde-meuble ?)

Hauteur : 0m,730. — Longueur : 0m,770.

272. — Beau Bureau plat du temps de Louis XVI, à trois tiroirs, en palissandre et bois rose, orné de rosaces en bronze ; pieds à cannelures de cuivre poli enrichis de sabots à feuilles d'acanthe et de chapiteaux corinthiens en bronze ciselé et doré.

Hauteur : 1m,480. — Largeur : 0m,800.

273. — Très beau Secrétaire du temps de Louis XV, en bois rose, bois amarante et marqueterie richement garni de bronzes dorés.

La face est divisée en trois panneaux, un abattant et deux portes, décorés de branchages fleuris en marqueterie et contournés par de gracieux encadrements feuillagés en bronze finement ciselés.

La partie supérieure légèrement évidée est ornée d'une moulure de bronze et d'un dessus de marbre griotte.

Ce meuble porte la marque au fer, B. V. R. B.

Hauteur : 1m,28. — Largeur : 1m,050.

274. — Jolie Commode du temps de Louis XV de forme contournée en bois rose marqueté à damier et richement garnie de cuivres rocaille, ciselés et dorés, au poinçon de CAFFIERI. Tablette en marbre brèche d'Alep.

Longueur : 1m,250. — Largeur : 0m,620.

275. — Bureau Louis XVI, en bois d'acajou, garni de moulures de feuilles de laurier, de raies de cœurs et de rangs de perles en bronze doré. Il est surmonté d'un casier bas, à dessus de marbre bleu turquin, auquel sont attenants deux parements bordant les côtés.

Haut. : 0^m,900. — Long. : 1^m,310. — Larg. : 0^m,990.

276. — Guéridon Louis XVI en acajou à dessus en granit feuille morte, surmonté d'une tige cannelée qui supporte une deuxième tablette ronde également en granit. Le meuble repose sur quatre pieds colonnettes à cannelures de cuivre, reliées par une traverse en X.

Hauteur : 1^m. — Diamètre : 0^m,680.

277. — Deux Consoles Louis XVI à côtés cintrés et à quatre pieds en acajou, ornées de cuivres dorés et enrichies de plaquettes en porcelaine tendre à décor de fleurs et d'oiseaux. Dessus en marbre blanc ainsi que la tablette d'entre jambes.

Longueur : 1^m. — Largeur : 0^m,460.

278. — Petit Meuble, bonheur du jour, du temps de Louis XV, en bois rose et palissandre à pieds contournés très élégants garnis de chutes rocaille et de sabots en bronze ciselé et doré. Le corps supérieur de ce petit meuble s'ouvre à coulisseau.

H. : 1^m,020. — Long. : 0^m,650. — Larg. : 0^m,460.

279. — Deux Meubles à hauteur d'appui, en bois noir, incrusté de filets de cuivre, ornés de moulures, de-chutes et de pieds à griffes de lion, en bronze doré. Ils ouvrent chacun à une porte, légèrement en saillie, formée d'un panneau en marqueterie de cuivre et d'écaille du temps de Louis XIV, offrant au centre un mascaron en bronze doré. Dessus de marbre noir à moulures.

Hauteur : 0ᵐ,880. — Largeur : 0ᵐ,780.

280. — Belle Commode de l'époque de Louis XVI, de forme droite et à pieds profilés en consoles, en bois rose et marqueterie à quadrillages et entrelacs. Le milieu de la façade est décoré d'un médaillon ovale en marqueterie représentant une ville fortifiée et placé dans un cadre en bronze ciselé. Le tiroir supérieur est enrichi d'une frise d'entrelacs, et les angles de chutes, en bronze ciselé et doré. Dessus en marbre blanc.

Longueur : 1ᵐ,320. — Largeur : 0ᵐ,550.

281. — Commode étroite à deux tiroirs, de l'époque Louis XVI, en palissandre et bois rose, reposant sur quatre pieds carrés assez élevés, elle est garnie de fleurons et d'anneaux de tirage en bronze ciselé et doré et porte la signature de J.-F. Leleu. Tablette en marbre brèche d'Alep.

Longueur : 0ᵐ,750. — Largeur : 0ᵐ,420.

282. — Autre Commode de même modèle et de même époque et encore plus étroite. Elle porte

aussi la signature de J.-F. LELEU. Dessus en brèche d'Alep.

Longueur : 0^m,640. — Largeur : 0^m,420.

283. — Meuble cabinet du temps de Louis XIV, en ancien laque de Chine, garni de six tiroirs sur trois rangs, décorés de paysages accidentés, en laque d'or sur fond noir et ornés de moulures en bronze doré.

Il est adhérent à une table-support avec tablette d'entre-jambes en bois laqué.

Hauteur : 1^m,050. — Largeur : 0^m,840.

284. — Petite Table à ouvrage, du temps de Louis XV, de forme ovale, en bois de rose marqueté, offrant sur le dessus un médaillon à bouquet de fleurs et, au pourtour, des petites rosaces dans des filets croisés en losange. Elle est garnie de chutes, de rosaces et de sabots en bronze doré et d'une ceinture de cuivre.

Longueur : 0^m,490. — Largeur : 0^m,360.

285. — Petite Table d'encoignure, du temps de Louis XV, en palissandre et bois rose reposant sur trois pieds contournés avec tablette d'entre-jambes. Elle présente sur la face deux petits tiroirs placés entre deux plaquettes en porcelaine de Sèvres, pâte tendre, à décor d'oiseaux, elle est ornée de moulures de sabots en bronze doré. Dessus de marbre griotte.

Hauteur : 0^m,760. — Largeur : 0^m,540

286. — Grande pendule, forme dite violon, et son socle de suspension, plaquée de corne verte, enrichie d'incrustations et garnie d'ornements rocaille en bronze. Mouvement de Voisin, à Paris, époque Louis XV.

Hauteur : 1^{m},250.

287. — Pendule du temps de Louis XV et sa console d'applique, décorée de peintures représentant des guirlandes de roses et les emblèmes de l'Amour se détachant sur un fond rouge ; elle est garnie d'ornements rocaille en bronze ciselé et doré. Cadran au nom de DUTOUR, A PARIS.

Hauteur, socle compris : 1^{m},100.

288. — Petite Table à ouvrage, de style Louis XV, de forme ronde, à trois pieds avec tablette d'entre-jambes, en marqueterie de bois de citronnier et de bois d'érable teint en vert. Le dessus et le pourtour sont ornés de plaquettes en porcelaine tendre décorées de fleurs, et elle est garnie de bronzes dorés.

Diamètre : 0^{m},340.

289. — Petit Bureau de dame, du temps de Louis XV, en bois de citronnier et bois d'érable teint en vert, sur quatre pieds à cannelures simulées et avec tiroirs formant pupitre en bois de rose. Il est orné de moulures et de rosaces en bronze doré et garni d'une ceinture de cuivre. Dessus

de maroquin vert doré au fer. Ce meuble porte
la marque au fer G. DESTER.

Longueur : 0^m,810. — Largeur : 0^m,460.

290. — Très beau Paravent à six feuilles en tapisserie au petit point, du temps de Louis XVI, avec
revers en velours frappé, ton grenat. Chacune
des feuilles est décorée de trois médaillons ovales
à fond blanc, représentant des bouquets de fleurs
en réserve sur fond chamois.

Hauteur : 2^m,080. — Largeur : 0^m,730.

291. — Table jardinière de forme oblongue à quatre
pieds carrés cannelés, reliés par un entre-jambes
surmonté d'un vase en bois sculpté, peint en
blanc et rehaussé de couleurs. Le bandeau est
décoré au pourtour de bouquets de fleurs polychromes, reliés par des rubans bleus et les pilastres des angles sont ornés de rosaces carrées.

H. : 0^m,820. — Long. : 0^m,830. — Larg. : 0^m,510.

292. — Encrier rectangulaire en bois d'ébène, orné
au pourtour de deux moulures et dans l'entre-
deux d'une frise d'entrelacs en bronze doré. Époque Louis XIV.

Longueur : 0^m,310. — Largeur : 0^m,220.

293. — Écran Louis XV, peint en blanc avec feuille
en tapisserie au petit point à fond blanc et médaillon Louis XVI contenant un chiffre.

Hauteur : 1^m,030. — Largeur : 0^m,630.

5

294. — Grand Chiffonnier Louis XVI, en acajou à sept tiroirs placés entre deux colonnettes cannelées décorant les angles. Dessus en marbre blanc entouré d'une galerie en cuivre.

H. : 1^m,420. — Long. : — 0^m,920. — Larg. : 0^m,440.

295. — Chiffonnier Louis XVI à huit tiroirs et à angles coupés, décoré en marqueterie de bois de couleur, de fleurons inscrits dans un quadrillé. Chutes et sabots en bronze.

H. : 1^m,620. — Long. : 0^m,660. — Larg. : 0^m,310.

296. — Miroir à encadrement en laque de Coromandel, à personnages et rochers en couleur sur fond noir.

Hauteur : 1^m,250. — Largeur : 1^m,000.

297. — Miroir de forme contournée à encadrement, composé de deux moulures en bronze et d'un entre-deux en marqueterie de cuivre sur écaille. Travail de l'époque Louis XIV.

Hauteur : 0^m,640. — Largeur : 0^m,540.

298. — Bureau-toilette Louis XVI en bois satiné incrusté de filets noir et blanc et à quatre pieds droits garnis de collerette et de sabots en bronze. Ce meuble porte la signature de J.-H. RIESENEB.

Longueur : 0^m,870. — Largeur : 0^m,510.

299. — Grande et belle Bibliothèque en bois fine-

ment sculpté, d'une ornementation Louis XVI très élégante.

Dimensions approximatives. — H. : 2^m,800. —
Long. : 3^m,100. — Larg. : 0^m,300.

300. — Deux autres Bibliothèques de même ornementation.

Dimensions approximatives. — H. · 2^m,800. —
Long. : 1^m. — Larg. : 0^m,300.

301. — Bureau de l'époque Louis XV, de forme contournée en bois rose garni de chutes, sabots et poignées de tiroirs en bronze.

Hauteur : 1^m,280. — Largeur : 0^m,760.

302. — Petite Table de dame en bois satiné, à tiroir et à pieds contournés garnis de chutes et de sabots en bronze doré et reliés par une tablette en forme de rognon. Époque Louis XV.

Hauteur : 0^m,740. — Grand diamètre : 0^m,480.

303. — Guéridon en bois d'ébène incrusté de filets de cuivre et richement garni de bronzes dorés; il repose sur trois pieds reliés par trois traverses cintrées au centre desquelles est un vase en bronze. La tablette représente une rosace rayonnante exécutée en jaune de Sienne et en stuc simulant des marbres rares.

Hauteur : 0^m,820. — Diamètre : 0^m,800.

304. — Deux petites Armoires à côtés légèrement contournés et à porte pleine, en bois rose et

palissandre, décorée de vases, de fleurs et d'oiseaux peints en couleurs et dorés sur fond noir, dans le goût des laques de Chine, et garnies de cuivres rocaille ciselés et dorés. Tablettes en marbre blanc.

H. : 1^m,400. — Long. : 0^m,900. — Larg. : 0^m,420.

305. — **Très belle Pendule et son socle**, à quatre faces, de l'époque Louis XIV, en écaille de l'Inde marquetée de cuivre et richement garnie de bronzes ciselés et dorés. Le panneau du fond est marqueté sur les deux faces de cuivre et d'écaille (partie et contre-partie) et décoré de beaux ornements dans le style de Bérain. — Mouvement carré au nom de *Boucheret, à Paris*.

Hauteur : 0^m,900. — Largeur : 0^m,408.

306. — **Petit écran** Louis XVI en acajou avec tablette horizontale à charnière et feuille en soie brochée.

SIÈGES — TAPISSERIES

307. — **Magnifique Meuble de salon** du temps de Louis XVI en bois sculpté et peint en blanc,

couvert de tapisseries des Gobelins à larges bouquets de fleurs se détachant en couleurs polychromes sur un fond bleu tendre rehaussé de
branches de fleurs exécutées en bleu, ton sur
ton.

Ce meuble, dont la conservation est remarquable, porte la marque de L.-C. CARPENTIER; il
se compose de deux grands canapés (largeur
$2^m,48$), quatre bergères, huit fauteuils et quatre
chaises.

3o8. — Quatre Banquettes du temps de Louis XVI
en bois peint en blanc reposant chacune sur huit
pieds cannelés et couvertes de tapisseries de la
Savonnerie à ornements, fleurs, rosaces, cor-
beilles de fleurs, perroquets et écureuils en couleur sur fond bleu turquoise. Pièces rares.

Longueur : $1^m,88o$. — Largeur : $0^m,85o$.

3o9. — Meuble de salon du temps de Louis XVI en
bois sculpté peint en blanc réchampi gris et de
forme gracieuse, à pieds droits cannelés et à dos-
siers arrondis; il porte la signature : L.-C. CAR-
PENTIER, et se compose d'un canapé couvert en
étoffe de laine, une bergère et quatre fauteuils
garnis en ancienne soie brochée.

Longueur du canapé : $2^m,15o$.

31o. — Meuble de salon en bois doré de l'Empire,
recouvert en tapisseries de Beauvais de l'époque
Louis XVI et se composant d'un canapé, de deux

bergères et de huit fauteuils. Le dos du canapé représente une jolie composition enfantine à six figures, la *Marchande foraine;* le siège offre une scène de chasse, *Chiens poursuivant un cerf.* Ces sujets sont entourés d'un feston de feuillage et d'une bordure à fond bleu, décorée d'une guirlande de roses. Chaque dossier de fauteuil représente une figure d'enfant en chasse ou occupé à des travaux champêtres, et chaque siège un groupe d'animaux.

Longueur du canapé : 1^m,900.

311. — Jolie Chaise longue de l'époque Louis XV, de forme gracieuse, en bois sculpté, peint en blanc à filets gris, et foncé de canne. Elle est garnie de coussins en ancienne étoffe satinée à raies alternées de blanc et de ponceau et brochée à fleurs.

Longueur : 1^m,800.

312. — Deux Tabourets ronds Louis XVI, à quatre pieds cannelés et peints en blanc; l'un est garni en même étoffe que la chaise longue qui précède; l'autre en soie bleue brochée à fleurs.

Hauteur : 0^m,420.

313. — Tabouret oblong à pieds contournés du temps de Louis XV et portant la signature : I. Délion. Il est garni en lampas broché à fleurs et guirlandes sur fond vert.

Hauteur : 0^m,400. — Longueur : 0^m,550.

314. — Chaise, modèle dit Fumeuse, en bois peint
en blanc à pieds cannelés et garnie en étoffe bleue
brochée à fleurs.

Hauteur : 0^m,920. — Longueur : 0^m,600.

315. — Beau Fauteuil du temps de Louis XVI, en
bois sculpté et doré, recouvert en soie brochée à
fond blanc et à rubans ondulés.

316. — Très beau Tapis composé de bandes horizontales, en tapisserie au point à fond noir, couvertes de rinceaux feuillagés se terminant par
des figures costumées à l'orientale, d'oiseaux et
de fleurs, et séparées par un entre-deux à fond
rouge. La bande supérieure présente un chiffre
couronné, et celle du bas un écu armorié surmonté d'un cimier et d'une couronne. Travail
du XVIIe siècle.

Longueur : 2^m,400. — Largeur : 1^m,500.

TABLE DES DIVISIONS

TABLEAUX

OBJETS D'ART ET D'AMEUBLEMENT

Paris. — Typ. G. Chamerot, 19, rue des Saints-Pères. — 16038.